지금이
참
좋습니다

지금이 참 좋습니다

2020년 03월 25일 인쇄
2020년 03월 30일 발행

지은이 최현주
편 집 김성은
캘리그래피 배정애
일러스트 유혜경

펴낸이 권우석
펴낸곳 도토리
주 소 서울특별시 성북구 보문로47 동남빌딩 401호
이메일 dotorimedia@naver.com
블로그 www.dotorimedia.com

ISBN 979-11-965889-6-0 (03800)

이 도서의 국립중앙도서관 출판예정도서목록(CIP)은 서지정보유통지원시스템 홈페이지(http://seoji.nl.go.kr)와
국가자료종합목록 구축시스템(http://kolis-net.nl.go.kr)에서 이용하실 수 있습니다. (CIP제어번호 : CIP2020012285)

지금이 참 좋습니다

최현주

Dotori

지은이의 말

시를 쓰기 시작할 당시 저는 개인적으로 많은 어려움이 있었습니다. 그 마음을 달래기 위해 아무 생각 없이 종이에 끄적거리기 시작했는데, 그 시절이 이제는 매우 감사할 따름입니다. 그 시기가 없었더라면 이 시집은 세상에 나오지 못했을 것입니다. 그리고 제가 글을 쓸 때 가장 행복해 한다는 사실도 깨닫지 못했을 것입니다.

제 곁을 늘 지켜주는 소중한 친구 '정미'는 "미친년! 남들은 수필 쓰고, 소설 쓰고 나서 조심스럽게 하는 작업을. 시부터 쓴다고 하다니! 너는 역시 돌아이!" 이렇게 말하면서 본인도 무척 갖고 싶었했던 만년필을 좋은 글 쓰라며 선물로 건네 주었습니다. 세상에 나와 읽혀지지 않는 책들이 얼마나 많은지 알면서도 용기를 내어 이 시집을 출간하게 되었습니다.

저의 소중한 친구들을 위해 쑥스럽고 창피하지만 이 시들을 세상에 내놓으려 합니다.

그리고 이 책이 세상에 나올 수 있도록 도와주신 편집자 김성은 님, 캘리그라피 배정애 작가님, 일러스트 유혜경 작가님께 진심으로 감사 드립니다.

2020. 02.
최현주

배 정 애
calligrapher

글씨만으로 사람의 마음을 위로할 수 있다는 점이 너무 좋아서 시작한 캘리그라피.
마음을 담아 쓴 글씨가 누군가를 위로하고, 힘이 된다는 것이 좋아서 계속해서 글씨를 썼고, 더 많은 이들과 소통하기 위해 전시회도 하고 강의를 시작하다 보니 어느새 '감성 캘리그라피 작가'라는 이름으로 불리게 되었습니다.

주요작업

러브마이러브 / 참 좋은 당신께 / 오늘 행복을 쓰다
겨울가면 봄이 오듯 사랑은 또 온다

www.jejucalli.com / 인스타그램 jeju_calli

유 혜 경
illustrator

일상을 다른 눈으로 바라볼 수 있는 드로잉을 시작한지 5년이 되었습니다. 예술에 대한 꿈은 우리 누구에게나 있고, 창작활동이 주는 만족도가 행복지수를 높여주는 것을 체험하면서 몇 번의 그룹전도 열었습니다.

앞으로도 꾸준히 드로잉하는 즐거움을 나누며 살고자 합니다.

주요작업

참여연대 그림회 / 행복화실 그림전
서울스케치 그룹전

www.blog.naver.com/yoofeel66

목 차

모음 하나

노부부(老夫婦) ········· 12
무뇌 ········· 13
했더라면 ········· 14
짝사랑 ········· 16
차(車) ········· 18
무뇌_2 ········· 19
파도 ········· 20
부메랑 ········· 23
얼음 ········· 24
무뇌_3 ········· 26
인생(人生) ········· 27
짝사랑_2 ········· 29
못난자식 ········· 30
동행(同行) ········· 31
들꽃 ········· 33
지금이 참 좋습니다 ········· 34
길 ········· 36
어차피 ········· 38
제가 정말 좋습니다 ········· 39

모음 둘

죽음을 앞두고 ······ 42
인생(人生)_2 ······ 43
무뇌_4 ······ 45
구름 ······ 46
욕심(欲心) ······ 47
인생(人生)_3 ······ 48
선과 악 ······ 49
마음 ······ 50
사소한 거짓말 ······ 52
탓 ······ 53
짝사랑_3 ······ 54
술 ······ 55
틀 ······ 57
나 죽거든 ······ 58
인생(人生)_4 ······ 60
무뇌_5 ······ 61
미움 ······ 62
살려 합니다 ······ 64
무뇌_6 ······ 66

모음 셋

해녀(海女) ········ 70
신기루 ········ 71
심 ········ 73
엄마 ········ 74
메아리 ········ 75
차(車)_2 ········ 76
벗 ········ 78
자전거 ········ 80
폭포 ········ 81
수돗물 ········ 82
마늘 ········ 83
무뇌_7 ········ 85
죽음 ········ 86
생강 ········ 88
눈 ········ 89
소주 한 잔 ········ 90
스탠드 ········ 92
들꽃_2 ········ 94
짝사랑_4 ········ 95
무뇌_8 ········ 96
사각지대 ········ 97
종이비행기 ········ 98

모음 넷

재회(再會) ···· 102
환자 ···· 103
차(車)_3 ···· 105
고민(苦悶) ···· 106
희로애락(喜怒哀樂) ···· 108
결자해지(結者解之) ···· 109
아동학대 ···· 111
쌍둥이 ···· 112
혀 ···· 113
국회의사당 ···· 114
국정교과서 ···· 115
쳇바퀴 속 다람쥐 ···· 117
사건 사고 ···· 118
지식인 ···· 119
무능한 정치 ···· 120
주사위 ···· 121
불이과 ···· 123
위안부(慰安婦)가 아닌 위안부(萎犴婦)였다 ···· 124
저는 압니다 ···· 126
원(圓) ···· 128
무뇌_9 ···· 129
돈 ···· 130

모음 하나

노부부 (老夫婦)

뽀얀 피부에 반했다더니
꺼무죽죽 검버섯 피어도
꽃단장한 새색시 보듯 하고

폭 안겨 좋다더니
하염없이 퍼져도
이쁘다며 가시 발라 얹어주고

야무져 예쁘다더니
추접하게 눈물 콧물 흘려도
좋아라 손등으로 얼굴 훔쳐주니

사랑받고 있는지
젊고 화려할 때는 늘 불안했는데
늙고 추레해져야 비로소

당신 가고 나도 갈 때
알게 되네요.

'서로 사랑하며 늙어간다는 것' 신이 부부에게 주신 최상의 선물이다.

무뇌

사랑은 두 번 다시 죽어도 하지 않아
나는 매번 사랑을 했지

결혼은 아빠 같은 사람과 결코 하지 않아
나는 꼭 닮은 사람과 결혼했지

애가 적적해도 아이 동생은 절대 낳지 않아
나는 그 후 더 낳았지

한 번뿐인 인생 엄마처럼 평생 살지 않아
나는 점점 엄마가 되었지

자식만 바라보는 부모는 기필코 되지 않아
나는 항상 아이만 생각했지

머리로 살았다면 없었을 인생
마음으로 살아 남들처럼 살다 가네

어리석을수록 더 고귀해지는 것은 사랑이다.

했더라면

친구에게
그때 사과했더라면
이렇게 멀어졌을까

그 사람에게
그때 고백했더라면
이리도 그리워했을까

남편에게
그때 안겼더라면
이처럼 외로웠을까

아빠에게
그때 따습게 말했더라면
이렇게 먹먹했을까

엄마에게
그때 살갑게 대했더라면
이리도 절절했을까

아이에게
그때 시간을 냈더라면
이처럼 막막했을까

그때 모르지 않았지만
지금 이리 가슴을 찡게 될 줄이야

마음을 표현해서 후회하는 일보다는 표현하지 못 해 후회하는 일이 더 많다.

짝사랑

너에게 가는 맘 돌리려 하면
거미줄에 걸린 듯 옴짝달싹할 수 없고
너에게 깊어지는 맘 뿌리치려 하면
늪에 빠져 허우적대듯 더 빠져드니

맘 가는 대로 하려 하니 고개가 내젓고
머리를 따르려니 숨이 쉬어지지 않으니
이러지도 못 하고 저러지도 못 하고
술만 들이붓는다.

바라볼수록 그리워할수록 더 애끓는 것이 짝사랑이다.

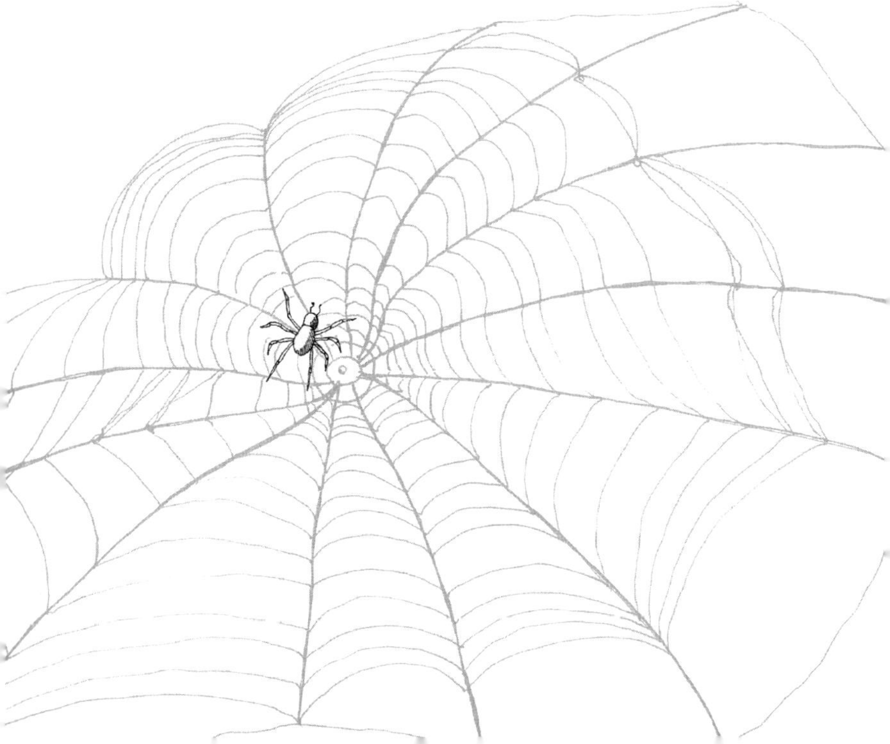

차 (車)

너는
멈출 때 멈출 줄 알고
나아갈 때 나아갈 줄 아는데
내 그리 지내고 있는지

너는
손 볼 때 손 볼 줄 알고
바꿀 때 바꿀 줄 아는데
내 그리 살고 있는지

삶의 속도를 조절할 줄 알고, 자신의 단점을 고칠 수 있는 사람은 자기 인생의 주인이다.

무뇌_2

밍밍한 하루
시답지 않아 하다
남의 큰 시련 앞에
두 손 가지런히 모아
감사 기도 올리고

왜 이리 사는 게 힘들어
저주를 억수같이 퍼붓다
누군가 생을 고할 때
마음 속 깊은 곳에서
무사한 하루를 안도하지

그때 뿐
그래서 신이
우리가 잊지 않도록
주신 것을 걷어가시는지도

인간은 감사함을 잊기에 삶이 더 고단하다.

파도

거센 힘에 밀려
당신 눈빛 등대 삼아
곁에 가려 합니다.

하지만
내 마음 어찌 전할지
주저하다
당신의 먼 시선 속에서
수줍은 듯 무너지고

당신이 바라봐 주니
있는 힘껏 다시 일어서
물결 타고 달음질합니다.

하지만
내 마음 받으려 하지 않으니
속이 하얗게 타
당신 발 밑에서
무참히 부서지네요.

당신은 갔어도
있던 그 자리는 메우고 싶습니다.
지친 저라도

짝사랑은 혼자서 넘실거리다 사르르 꺼지는 파도와 같다.

出爾反爾 (출이반이)

자신(自身)에게서 나온 것은 자신(自身)에게로 돌아온다.

맹자 (孟子)

부메랑

말한만큼
행동한만큼
여지없이 돌아오네
부메랑같이

누적된 언행의 결과물이 지금이다.

얼음

냉엄한 현실이 버거워
내 틀 속으로 들어갔고
상처받고 싶지 않아
견고하게 만들었지

불편하지 않았고
힘들지도 않았어
너를 알기 전까지

너를 아는 만큼
두려움은 커져갔고
그런 마음 들킬까 봐
차디찬 몸짓으로 밀어냈지

너는 미련할 정도로
나를 따스하게 감싸 안았고
그럴 적마다
나도 모를 눈물 흘렸지

몸이 젖도록 우니
틀 안에 내가 아닌
틀 밖에 내가 있더라

자신의 틀을 깨는 지름길은 사랑이다.

무뇌_3

미안해
고마워
사랑해

이 세 마디면
너끈히 살아지는데

아껴 쓰다 보니
고단하다

'미안해', '고마워', '사랑해' 이 세 마디는 모든 이에게 주어진 자산이다.

인생 (人生)

십대에는 남들이 가니 덩달아서
이십대에는 어디로 가야 할지 두려워서
삼십대에는 이 길이라 믿고 정신없이
사십대에는 이 길이 맞겠지 추스르며
오십대에는 오던 길 멈추면 후회될까
육십대에는 가던 길 마저 가는 심정으로

그리 달렸는데 야속하게 끝이 없다
이럴 줄 알았다면 쉬엄쉬엄 올 것을
걷기도 하고 쉬기도 하면서

지금이라도 가는 길에
만나는 들꽃 하나 하나에 말 걸어주고
눈부셔 질투했던 해에게도 윙크하며
마주 오는 바람과는 손인사 나누고
새들 노래에 발 맞춰 가고 싶다.

자기에게 주어진 인생의 여정은 서두른다고 조금 늦는다고 목적지가 달라지지 않는다.

어려운 것은 사랑하는 기술이 아니라
사랑을 받는 기술이다.

——— 알퐁스 도데 (Alphonse Daudet 소설가)

짝사랑 (2)

또르륵 또르륵
굴러가네
언덕위의 구슬처럼

주르륵 주르륵
쏟아지네
내리는 빗물처럼

멈춰지겠지
언젠가는
반드시

사랑은 조절되지 않는다. 스스로 멈추어질 때까지 기다려야 한다.

못난 자식

열 손가락 깨물어
아프지 않은 손가락이 없네요

베인 손가락이
성한 손가락보다 더 아플 뿐

이제 자식 낳아 키워보니
처지는 자식
모자란 자식
아픈 자식이

이 밤도 저로 인해
가슴 언저리에 돌덩어리 얹은 채
이리저리 뒤척이시며
밤새 편치 않은 잠 청하시겠지요

아픈 자식 옆에 끼고 누운 이 밤
어머님 생각 간절합니다
베갯잇 축축할 정도로

상처난 곳이 더 아픈 법이다.

동행 (同行)

내 등 뒤
멀찍이 떨어져
늘 나를 지켜보며 걷는 이는
부모이고

부모 먼 길 가도
내 어깨 토닥이며
옆에서 길동무 해줄 이가
벗입니다.

그러나
이 고단한 생을
시종 같이 하는 이는
그 누구도 아닌
나 자신

사후(死後) 세계를
건너기 전까지

나 자신과의 동행을 즐기는 자는 지혜롭다.

홀로 묵묵히 살아가는 것이 인생을 제대로 즐기는 방법이다.

들꽃

바람 불면 부는 대로
비 오면 오는 대로
봐 주는 이 없어도
묵묵히 웃으리
이 자리에서

지금이 참 좋습니다

고요한 새벽에 홀로 깨어
스탠드 불빛 아래서
책 한 줄 한 줄 마음으로 읽을 수 있는
지금이 참 좋습니다

서둘러 일 가려고
변변치 않은 밑반찬 몇 가지에
국 말아 후루룩 맛나게 먹을 수 있는
지금이 참 좋습니다

무료하고 나른한 오후에
문득 니 생각나 전화했다며
목소리 들으니 좋다 말해 주는 이가 있는
지금이 참 좋습니다

돌연 내리는 소나기 피해
들어간 찻집에서 빗물 바라보며
따뜻한 차 한 잔 할 수 있는
지금이 참 좋습니다

어릴 적 옛 친구 만나
닳고 닳은 옛 이야기 또 꺼내도
새삼스러운 듯 웃고 울 수 있는
지금이 참 좋습니다

무사히 하루를 마치고
새근새근 자는 아이들 옆에서
이렇게 몇 자 적을 수 있는
지금이 참 좋습니다

지금이기에
지금이 아니면 안 되기에
지금이 너무 소중합니다
그래서 지금이 참 좋습니다

지금을 음미하지 못 하는 사람은 진수성찬을 앞에 두고 바라만 보는 사람과 다를바 없다.

길

걷다가
때로는 뛰다가
가끔은 쉬면서
여기까지 왔네

오면서
많은 이들과 옷깃을 스쳤고
다양한 풍경이 눈에 들어왔지

화창한 봄날 꽃 핀 비단길일 때도
눈보라 치는 겨울에 자갈밭일 때도
늘 길 위에 있었지

막다른 길에서는 돌아나오기도 하고
갈림길에서는 주저하기도 하면서
길을 찾아 늘 헤맸지

가다 보면
또 다른 많은 이들과 옷깃을 스치고
또 다른 다양한 풍경이 눈에 들어오겠지

어떤 길이든
가보련다
갈 수 있을 때까지

인생이라는 길을 스스로 멈춰서는 안 된다.

어차피

선택할 수 있니 부모를
그러면 심히 고민해야지

바꿀 수 있니 형제를
그러면 차갑게 생각해야지

예측할 수 있니 삶의 변수를
그러면 머리 싸매고 궁리해야지

변화시킬 수 있니 너를
그러면 버거워도 욕심내 살아야지

그리 할 수 있다면
그리 해도 되겠지만
그리 되지 않는다면
어차피 너로 살 인생
맘이라도 편해야지

내가 바꿀 수 있는 유일한 것은 지금을 맞이하는 나의 자세뿐이다.

제가 정말 좋습니다.

늘 서툴렀고
늘 부족했고
늘 실수했고
늘 후회했기에

어제의 제가 좋습니다.

서툴렀기에 노력했고
부족했기에 채우려 했고
실수했기에 고치려 했고
후회했기에 반성했으므로

지금의 제가 더 좋습니다.

늘 허점 투성이기에
오늘보다 더 나은
내일의 제가 기대되어
제가 정말 좋습니다.

자신을 사랑하지 않는 사람은 누구도 사랑할 수 없다.

모음 둘

죽음을 앞두고

참 억울하다
살갗을 두드리는 따스한 햇살
귓가에 머무는 바람소리
눈 위에 스며드는 흐드러진 꽃

어느 순간
너희들만 있겠지
이 자리에

참 서럽다
축 늘어지는 몸
멍해지는 귀
스르르 감기는 눈

더 있다 가고 싶은데
느끼기에
듣기에
보기에
힘에 부친다

누구든 그날은 피할 수 없다. 그러니 살아있음을 만끽하자.

인생 (人生)_2

얻는 것이 있으면 잃는 것도 있고
잃는 것이 있으면 얻는 것도 있지
얻는 것이 많으면 잘 산 것 같고
잃은 것이 많으면 헛 산 것 같지
근데 좋아할 일도 속상할 일도
더 얻으려고 해도 덜 잃으려고 해도
삶 다할 때 셈해 보면 똑같지

'득(得)' 뒤에는 '실(失)'이 있고 '실(失)' 뒤에는 '득(得)'이 있다. 분리될 수 없는 양면의 동전과도 같다.

같은 방법을 반복하면서
다른 결과를 기대하는 사람은 정신병자이다.

아인슈타인 (Albert Einstein)

무위 (4)

그제도 어제도 오늘도
그날이 그날인 듯 지냈습니다
하지만 내일은 다른 하루이기를
간절히 두 손 모아 바랍니다

구름

곱게 간 눈꽃빙수 살포시 얹은
아무도 오지 않는 순백의 설원
바람만 휙 하니 스쳐 지나갈 뿐
외로운 처지 웅크리며 버티지만
지쳐 욱하고 쏟아지는 한순간에
마음은 한결 가볍네 흘린 눈물로

눈물은 마음속 응어리의 결정체이다.

욕심 (欲心)

게걸스럽게 먹는구나
허기져서 그러니

정신없이 먹는구나
공짜라서 그러니

남 밥그릇 보는구나
먹고싶어 그러니

그리 먹다 탈 나지
맘이 허해 그런 것을

채우면 채울수록 허기지는 것이 욕심이다.

인생 (人生)_3

정답이 있다면
풀었을 테고

정답이 없다면
답이 없겠지

인생에는 풀이만 있을 뿐 정답이 없다.

선과 악

화선지에 떨어진 먹물은
눈 깜짝할 사이에 번지고

캔버스에 찍어 그린 유화는
홀로 우뚝 존재합니다.

먹물의 퍼짐은 찰나지만
색은 바래지고

단단히 굳어진 물감은
매양 같습니다.

악은 찰나지만 선은 영원하다.

마음

통에 쓰레기가
수북이 쌓여간다.
더 갖고 싶을수록
새끼 치듯 늘어난다.

외출했다 돌아오니
코끝을 찌르는
이 메슥거림

통을 말끔히 비우지만
젖어 있는 구린 냄새

바람 가는 길에 놔두면
냄새도 더불어 날아가려나

소모적이고 나쁜 감정은 마음을 좀먹게 한다.
수시로 정화하지 않으면 손 댈 수 없는 상태가 된다.

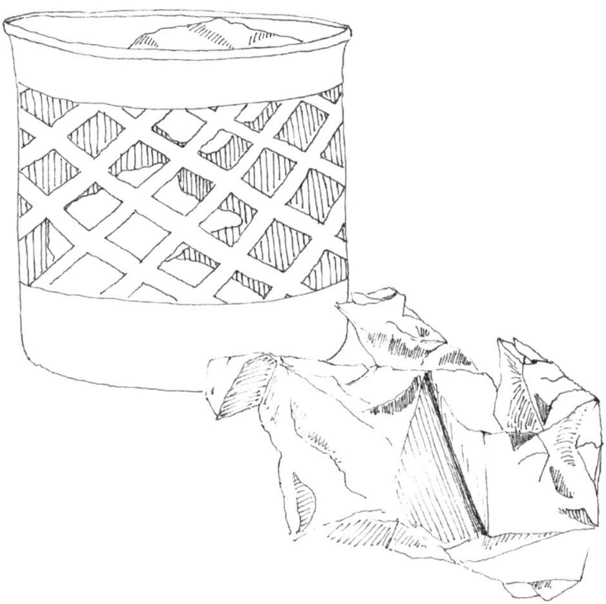

사소한 거짓말

금 간 컵이나
와장창 깨진 컵이나
다시 사용되는 법은 없습니다

이 빠진 그릇이나
산산조각 부서진 그릇이나
다시 밥상 위에 오르는 법은 없습니다

살포시 앉은 미세한 의심이나
천근만근 육중한 의심이나
이전 관계로 되돌리는 법은 없습니다

날아갈 듯 가벼운 의심조차도
명치 끝에 또아리를 틀고
잊을 만하면 콕콕 찌릅니다

금 간 컵이나
이 빠진 그릇은
버리기라도 하건만

사소한 거짓말은 그릇의 이나 컵의 금과 같다. 아주 사소하지만 신뢰를 깨기에는 충분하다.

탓

너를 이해하기 힘들다.
이해하려 하면 할수록

누군가 그러더라
이해하려 하니 힘든 거라고

나와 너의 관계
이리 힘들었던 이유

니 탓 아닌
내 탓이래

타인의 삶을 이해하기는 어렵지만 인정하면 편하다.

짝사랑_3

잠시 쉬고 싶다
쉼표처럼

이제는 끝내고 싶다
마침표처럼

사랑의 감정은 불어오는 바람을 막는 것 만큼 불가능하다.

술

내가
기쁠 때
한없이 기뻐해 주고

내가
슬플 때
더불어 슬퍼해주는

말도 없고
탈도 없는
내 영원한 친구

술은 내 생각이 해석되지 않는 유일한 친구이다.

아무 제약이 없는 자유는 강자가 약자를 협박하여
그의 자유를 강탈할 자유가 있다는 것을 뜻한다.

칼 포퍼 (Karl Popper. 철학자)

틀

자유롭게 선택하라 하네
주어진 조건 아래서

나 죽거든

나 죽거든
납골당은 싫다

평생 쪽방에 살았는데
죽어서도
좁은 곳에 갇혀 살기

나 죽거든
땅에 묻히기 싫다

니들 언제쯤 오나
죽어서도
마음 졸이기

나 죽거든
부는 바람결에
흐르는 물결에
미련없이
흩뿌려다오

이래저래 메여있던 몸
훠이훠이 가고 싶다

죽어서는 물처럼 바람처럼 살고 싶다.

인생 (人生)_4

진하지 않은
담백한 맛처럼

화려하지 않은
수수한 색처럼

버겁지 않은
들 수 있는 무게로

묵묵히
덤덤히

이런 삶
기적이지

무탈한 하루 우리가 무시하는 기적이다.

무뇌_5

바람 앞에 켜 놓은
촛불처럼

불 주위를 맴도는
불나방처럼

긴 가시를 찾아 헤매는
가시나무새처럼

어찌 될지 알면서
그 길로 걸어 들어간다
아닌 걸 알면서도

인간은 알면서도 잘못된 행동을 반복한다.

미움

어디든 뿌리 박고
꿋꿋이 솟아나는 억척이

뽑아도 뽑아도
어느덧 자라 있지

척박한 땅에
싹을 틔우니
수없이 없애지만
모질게 자라 나고

그렇다고
놔두자니
니 세상 될까 봐

힘들지만
오늘도 솎아내려 한다

미움은 잡초처럼 버려도 버려도 돋아난다.

살려합니다

세상에 낳아 주신
부모님을 생각하며
하루하루
감사하는 맘으로 살려합니다

늘 나를 믿어주는
친구를 생각하며
하루하루
사랑하는 맘으로 살려합니다

나를 바라봐 주는
아이들을 생각하며
하루하루
부끄럽지 않은 맘으로 살려합니다

후회하지 않는
나를 위해서
하루하루
최선을 다하는 맘으로 살려합니다

이리 살다 보면
녹록하지 않은 이 삶
가끔은
작은 미소라도 띄울 수 있겠지요

무뇌_6

무탈한 하루는
기적이나
허락된 오늘이
감사하지 않습니다.

목적 없는 하루는
무의미하나
여느 때처럼
오늘도 그냥 숨만 쉽니다.

'오늘'은 신이 나에게 주신 선물이다.

모음 셋

해녀 (海女)

이승에 새끼 두고
저승에 돈 벌러 가지

내 숨 값
전복 하나 조개 하나

숨이 턱턱
조금만 더 조금만 더

새끼 입에 넣을 양식
저 밑에 있으니
조금만 더 주자
내 숨값

타인을 위해 자신의 목숨을 버릴 수 있는 사람은 없다. 단 자식을 둔 어머니만은 가능하다.

신기루

내내 그리던 그 모습으로
미소 지으며 서 있기에
들뜬 마음으로 달음질했지

나 지금 그 자리
있어야 할 니가 없으니
당황스럽고 원망스럽다

어찌된 일이니
내가 부담스럽니
내가 너라 믿고 싶었던 거니

'타인을 안다'고 생각하는 것은 신기루를 쫓는 것과 같다.

미(美)는 내부의 생명으로부터 나오는 빛이다.

—— 헬렌 켈러 (Helen Adams Keller)

심

펜은 같은데
다른 느낌

외견보다 내면이다.

엄마

한 여인이 살아온 무게만큼
힘겨운 발걸음을 들어올려
나에게 다가옵니다

백태 낀 촉촉한 눈으로
쪼글쪼글한 입술을 벌려
잇몸을 드러내며 웃습니다

머리에는 흰 눈이 소복하고
얼굴에는 수놓인 검버섯이
나무토막같이 뻣뻣한 손등으로
세월을 진 곱사등을 한 채

그 여인이 이해되니
지금에서야 보입니다
나를 위해 지불했던 그녀의 세월이
갚을 수 없는 금액이기에
살짝 고개 돌려 눈시울 적십니다

엄마가 지불한 세월에 보답하는 유일한 방법은 이 세상에 태어나게 해 주신 것을 감사하며 사는 것이다.

메아리

갔다가도 늦게라도 올게
불러주면 어김없이 올게
그러니 목 놓아 불러줘

높은 산 있어도
강한 바람 불어도
내 기꺼이 갈게
너의 곁으로

꿈꾸지 않는다면 이루어질 꿈이 없다. 꾸어야만 언젠가는 이루어진다.

차 (車)_2

코스 정해진 버스도
정처 없는 빈 택시도
돌아 돌아 시간 되면 차고지

럭셔리한 고급차도
달달거리는 중고차도
굴러 굴러 수명 되면 폐차장

잘 나든 못 나든
잘 살든 못 살든
우리 마지막 길
하나

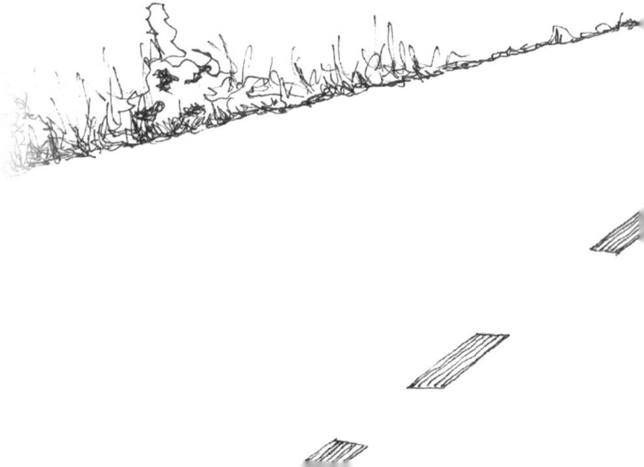

어떤 삶이라도 죽음을 피할 수는 없다.

벗

내가
슬플 때
기쁠 때
입만인 사람이라면
알고 지내는 지인(知人)입니다.

내가
슬플 때는
마음 아파하나
기쁠 때는
말과 표정이 인색해지면
오래된 친한 친구(親舊)입니다.

그러나
내가
기쁠 때도
더불어 설레어 주는 이
그가 바로 벗(友)입니다.

지인은 지천이고
친구는 여럿 있는데
벗은

나에게 벗이 있을까를 고민했지 내가 누군가의 벗이었던가를 고민한 적은 거의 없다. 나는 이기적인 동물이다.

자전거

바퀴는 빙빙 맴돌지만
자전거는 저만치 나가 있습니다

일상은 늘 반복되지만
삶은 차곡차곡 쌓여 갑니다

바퀴가 멈추면 자전거가 멈추고
일상이 멈추면 내일이란 없겠지요

지금은 하루 하루 쌓아 만든 결과물이다.

폭포

좁고 굽은 길 지나
험난하고 막다른 길 돌아
겨우 한숨 돌리려 하니
앞길 가파른 낭떠러지
속상하련만 아낌없이 낮추니
비로소 넓은 세상과 맞닿는구나

자연은 아름다움뿐만 아니라 삶의 지혜도 선사한다.

수돗물

지금의
너처럼
시원스레

묻어둔
전부를

남김없이
원 없이
흘리리

새로운 시작을 위해

마음껏 울고 시작하라. 그러면 시작이 가벼울 것이다.

마늘

겹겹이 감추고 있었던
속마음을 들추고
나를 쪼개 보여도
덤덤하게 나를 대하는 너

절절한 맘 전하려고
내 몸 바스러뜨려도
주체 못 하는 내 맘 주섬주섬 담아
몰라라 한 켠에 비켜 놓고

네가 필요할 때
아무 미안함 없이
내 마음을 헤집어 놓으니

그런
나에 대한 너의 야속함을
영원히 잊혀지지 않을 짙은 향으로
너의 숨에 배어
속을 쓸어내리며 위안하리

사랑을 악용하는 사람은 그 대가를 지불해야 한다.

행복에 이르는 길은
욕심을 채울 때가 아니라 비울 때 열린다.

에피쿠로스 (Epikuros. 철학자)

무뇌 (7)

이제라도 버리면
길이길이 남을텐데
알면서도 버리지 못하니
헛똑똑이로구나

불던 풍선이 터질 듯 하면 살짝 입을 떼고 공기를 빼듯이
삶에서도 가끔은 내려 놓아야 한다.

죽음

잠시 잊고 있었다
친구야
뭐에 홀린 것처럼
건너편 강기슭에 쪼그리고 앉아
목 빼고 하염없이 기다리고 있을 너를

뿌연 안개 걷히고
니가 내 눈에 들어오니

지금까지 시간
바로 잡고 싶었지만
더 기다리게 할 수 없어
강 건너 간다
친구야

'죽음'이 멀리 있다 여겼다. 하지만 늘 나를 바라보고 있었다.

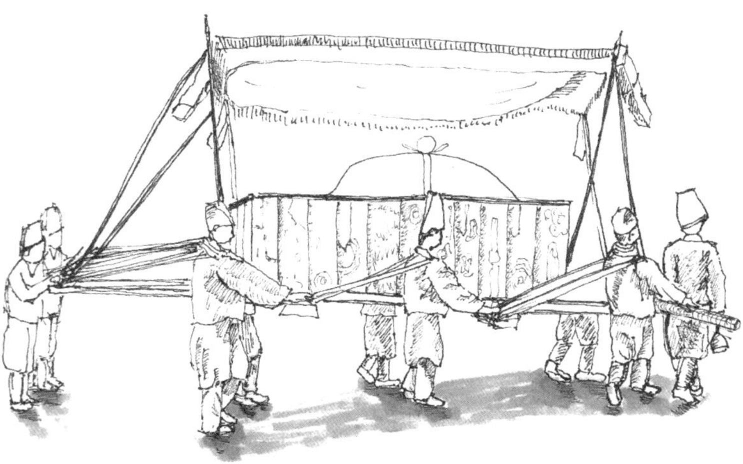

생강

못나디 못난 니가
허물을 벗고 드러내는
희망찬 노란 속내와
속 깊은 단 내음에
나도 너 같아지고 싶다

나이가 들수록 외모보다는 자신의 내면을 걱정해야 한다.

눈

눈 위의 자국들
내리는 눈으로 덮이고

내 아픈 흔적들
다가오는 사랑으로 아물기를

사랑으로 받은 상처는 사랑으로 치유될 수 있다.

소주 한 잔

이 눈치 저 눈치 살피며
배알 없이 굽신굽신 일하는데
한직으로 몰리는 서러운 처지
퇴로 없는 살벌한 전장(戰場)에서
하루하루 싸워 견디는 그 처절함
첫 잔에 띄워 입안을 축입니다

닮지 말기를 그리도 바랐건만
뭐 그리 좋다고 쏙 닮았는지
답답한 나 같아 윽박부터 질렀더니
눈도 마주치지 않는 아들 새끼
아비 맘 몰라 주는 그 야속함
다음 잔에 담아 목젖을 적십니다

지 어미 고왔던 처녀 적 모습 그대로
어엿한 여인으로 자라 시집갈 때쯤 되니
지 어미 저리 고생시켰다며
눈 흘기는 과년한 딸내미
애교스럽게 안겼던 그 그리움
그 다음 잔에 섞어 식도를 넘깁니다

눈 마주치기 무섭게
기억 저편에 있던 묵은 이야기 끄집어내어
신세 한탄 요망지게 하는 여편네
그리 살 비비고 살았는데도
나를 몰라주는 그 답답함
막잔에 부어 가슴을 쓸어내립니다

아무도 알아주는 이 없는데
유독 당신만 하나 되어 속 쓰려하시니
그래서 당신을 자주 찾나 봅니다

누군가의 위로보다 '술 한 잔'이 위안이 되는 시기가 온다면 삶이 고독하다는 것을 어렴풋이 깨달은 시기이다.

스탠드

어둠 속에 한 줄기 빛
오롯이 나를 위해

긴 긴 기다림 속에서
한 자리에서 변함없이
맘 한번 딴 곳에 둔 적 없이

내가 부르면
주저 없이
너의 전부를 드러내어
나를 비춰주는

누구와 참 닮았다
나를 위해 평생을 말없이
비춰주는 우리 엄마랑

어떤 상황에서도 나를 믿고 따뜻하게 감싸줄 사람은 오직 하나 엄마뿐이다.

들꽃_2

지 아무리 잘났다 해도
지 아무리 못났다 해도
위에서 보시기에
힘 겨루며 사는 우리
흔하디 흔히 핀
한 떨기 들꽃일 뿐

묵묵히 자기 몫을 살다 간 들꽃만큼만 살다 가자.

짝사랑_4

너와 우연히 마주하게 되면
이보다 행복할 수 없고
나에게 던지는 냉랭한 말투에
이보다 불행할 수 없으니

하루에도 수십 번
이러다 미치지

마음에서
생각에서
멀리 보내야겠다
그래야 내가 살지

짝사랑은 마음의 롤러코스터다. 잠깐은 탈 수 있어도 온종일은 무리다.

무뇌_8

사람 하나에 사실 하나 진실 하나
사람 둘에 사실 하나 진실 둘
사람 셋에 사실 하나 진실 셋
늘 사실은 하나 진실은 사람만큼

그래서인지 진실이 하나라 믿었던
나는 항상 외롭고 마음 아팠지

사실이 하나인들
바라보는 면이 다르니 당연지사

그래도 내 진실은 하나

타인을 이해한다는 것은 타인의 진실을 이해한다는 의미이다.
그러지 못하기에 삶에서 인간관계가 가장 힘든 것이다.

사각지대

그의 눈빛이 무엇을 말하는지
그의 말이 무엇을 의미하는지
그의 동작이 무엇을 내포하는지
다 안다고 생각했다

그가 떠난 뒤
비로소 보였다

나에게 보이지 않았던
내가 볼 수 없었던
그의 사각지대가

편견의 깊이가 깊을수록 보이지 않는 부분은 정비례한다.

종이비행기

앙증맞은 손으로
고이고이 접어
날리던 종이비행기

빨주노초파남보
내 꿈을 실어
멀리멀리 더 멀리
높이높이 더 높이

어느 순간
접지 않았고
날리지 않았다

접지 않아
꾸지 않는 것인지
날리지 않아
포기한 것인지

지금부터
다시 접어 날리려 한다

내 손을 움직여
접을 수 있을 때까지
내 어깨를 들어
날릴 수 있을 때까지

생(生)을 사랑하기에 다시 꿈꾸려 한다.

모음 넷

재회 (再會)

신의 말씀 하나일진대
해석은 엄청나구나
뭐 그리 똑똑한 이 많은지
서로 헐뜯다 지옥에서 또 볼라

뿌리가 하나이니 종파싸움은 형제간의 싸움과 다를 바 없다.

환자

환자 복(服)을 입은 환시 환자
간호사 복(服)을 입은 무딘 환자
의사 복(服)을 입은 거만한 환자
보호자 복(服)을 입은 지친 환자
상 복(服)을 입은 슬픈 환자
스텝 복(服)을 입은 기계적 환자
봉사 복(服)을 입은 허세 환자
경제 복(服)을 입은 찌든 환자
정치 복(服)을 입은 도둑 환자
종교 복(服)을 입은 미친 환자

본인들은 정상이라 하고
보는 이들은 그들이 아프다고 하네

'자신'을 판단하는 기준이 보편성과 객관성을 잃을 때, 인간은 쉽게 나락으로 빠진다.

사람들은 하루에 5만~6만 가지 생각을 하는데
그 중에서 90% 이상은 '쓸모없는 생각'이다.

——— 데이모스의 법칙 (Deimos_그리스 걱정의 신)

몰두는 쓸데없는 생각을 할 수 없게 만든다.

차 (3)

네 안에 있는 삼만 가지
볼트 하나 없어서는 안되는데
내 머리 속 오만 가지
버려야 하는데 이고 있구나

고민 (苦悶)

억수로 돈 많은 이
지지리도 돈 없는 놈

후광이 비치는 잘 생긴 이
꾸며도 표 안 나는 못 생긴 놈

세상이 떠들썩 한 똑똑한 이
속 터져 죽게 만드는 어리석은 놈

노력을 무색하게 하는 천부적인 이
피땀 흘려도 안 되는 재능없는 놈

뭘 해도 먹고 살 수 있는 건강한 이
다 가져도 이게 없어 불행한 놈

신은 정말 공평합니다
모든 이에게 어김없이 주십니다

그리고
각자의 크기로

고민의 경중은 각자의 크기로 결정된다.

희로애락 (喜怒哀樂)

기뻐해야 할 때 눈치보고
분노해야 할 때 웅크리고
슬퍼해야 할 때 억누르고
즐거워야 할 때 참아야 하니
세상 미쳐 돌아가야 당연하지

'희로애락(喜怒哀樂)'은 감정의 배설물이다.

결자해지 (結者解之)

당신이 묶은 매듭
당신이 풀어야지요

손발 묶인 우리네는
풀려고 발버둥치면
더 꼬여 힘만 듭니다

제발
푸는 방법 당신 밖에 모르잖아요
그 매듭 풀지 않으시면
결국 당신 목도 조일 겁니다

지금 괜찮으시다면
사랑스러운 당신 자녀가
그 매듭에 걸려 있겠지요

그게 바로 섭리라네요
결자해지

권력이나 재력을 제대로 행사하지 못 한다면 결국 우리의 후손도
그 결과 안에 있을 것이다.

입 밖으로 내보지도 못 했을 그 고통은 안고 가지 말고, 이곳에 내려놓고 가거라. 그래야 그리한 어른들이 그 고통을 짊어지고 살지.

아동학대

네 발 짐승이라 업신여겨도
지 품에 굴러온 사람 새끼
늑대도 젖 주고 핥는데

만물의 영장이라 으시대더니
니 배로 열 달 품어 낳은 아이
배 굶기고 때리고

그 아이 울다 지쳐
가슴으로 꺽꺽거리다
먼 여행 홀로 가는구나

이곳은 보지도 못했는데

쌍둥이

한 날 한 시 한 배에 태어나도
그리 원하는 게 다른데
세상 사람 오죽 다를까

같은 색 같은 선물 사주어도
더 갖겠다 싸우는데
인간 욕심 말로 다할까

난해한 인간사
니들 보면 이해되고
복잡한 세상사
니들 보니 답 없구나

사람을 이해하면 세상을 이해하게 된다.

혀

연분홍 실크 위에
꽃자수 놓으려다
잠깐 졸다 깨었더니
시든 꽃 죽은 나비
다시 풀어 놓으려니
자국이 듬성듬성

생각없이 하는 말은 나에게 독이 되어 돌아온다.

국회의사당

둥근 초록색 지붕 위에
새까만 까마귀 떼
촘촘히 줄지어 앉아
까악까악 연신 울어제치니
그 집 괜찮을지 모르겠다

정치인이 사욕(私慾)을 위해 자신의 소리를 낸다면 반드시 무너진다.

국정교과서

TV 앞에 멍하니 앉아 있으라고 했더니
TV 보면서 사물의 이치를 이해하려 하고

스포츠에 미쳐 날뛰라고 했더니
스포츠로 체력단련하려 하니

이 일 어찌할꼬

육체적 탐닉에 빠져
세상일 몰라라 하길 바랐는데
밤낮으로 일하지 않으면
왜 먹고 살기 힘든지
그 이유를 들여다 보려 하니

지금으로서는
바보로 만들 수 있는
유일한 방법

권력을 오래 유지하기 위해서는 어리석은 국민이 필요하다. 왜냐하면 국민이 없으면 국가가 존립할 수 없으며, 국가가 존립하지 못 하면 권력을 누릴 터전이 없기 때문이다.

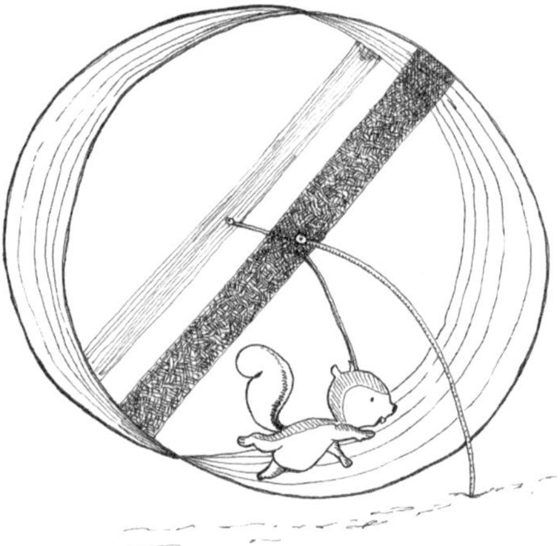

쳇바퀴 속 다람쥐

끼니먹고 돌리고

틈만나면 돌리고

체념인지 즐기는지

체념이면 공감가고

즐긴다면 스승이네

반복적인 일상을 대하는 방법이 행복을 결정한다.

사건 사고

사물의 기술
진화중

인간의 본성
퇴보중

미래에는 기술을 다루는 인간의 바른 인성이 가장 중요한 가치가 될 것이다.

지식인

갖고 있는
지 그릇이 가득차
더 이상 담을 수가 없네

아무리 맛난 음식이 있어도

많이 배운 사람일수록 자기가 많이 안다고 생각하기에 남의 말을 귀담아 들으려 하지 않는다.

무능한 정치

맘을 난도질하는 악플
가련한 이를 짓밟는 학대
세상에 널려 있어
우습게 여기는 테러입니다

총칼로 자행되는
무자비한 살육
누구나 진저리치며
소리 높여 성토하는 테러입니다

그나마 보이는 것은
감당할 수 있습니다

감당할 수 없는 것은
수백수천수만의 가슴을
누렇게 곪게 하는
보이지 않는 테러입니다

무능한 정치는 테러다.

주사위

1만 있습니다
2밖에 없습니다
3만 존재합니다
4밖에 모릅니다
5가 전부입니다
6이 유일합니다

내가 아는 세상이
전부입니다.
내가 모르는 세상은
존재하지 않습니다

네모난 주사위처럼

오만과 편견은 자기 틀에 갇혀 있는 사람들의 특징이다.

過而不改 是謂過矣
(과이불개 시위과의)

잘못을 했다는 것이 문제가 아니라 잘못을 하고서도 고치지 않는다면 이게 바로 진짜 문제다.

논어 (論語)

불이과

사람은
한번은 실수할 수 있지
신이 아니기에

사람이니
같은 실수로 두 번은 안 되지
짐승이 아니니

늘 같은 실수를 반복하는 나는 짐승이다.

위안부(慰安婦)가 아닌
위안부(萎犴婦)였다

인육의 탈을 쓴 괴물이
시뻘겋게 달군 쇠붙이를 들고
내 몸 위를 지질 때면
홀로 밤안개 낀 강둑으로
저승사자 만나러 갔습니다
저를 제발 데려가 달라고
그렁그렁한 눈으로 매달렸습니다

볼 일 다 본 괴물이
식은 쇠붙이를 들고나갈 때면
강 건너에 있던 저승사자도
지금은 때가 아니라며
죄스러운 맘으로 돌아섰습니다

하루에 수십 번
죽을 힘을 다해 만나러 갔습니다
이 강을 건너게 해 달라고
이 강만

지금은 괴물이 가고 없습니다
하지만 괴물이 남기고 간 낙인이
지금도 몸뚱이 구석구석 새겨져 있습니다

잊으려 해도 몸뚱이가 기억합니다
살을 지지던 그 냄새
타들어가던 그 고통을

지금도 수시로 만나러 갑니다
언제쯤 데려가실지
밤안개 맞으며 만나러 갔다가
새벽안개 필 때쯤 원망하며 돌아오는
이 삶을 지금도

위안부(慰 위로할위 安 편안한안 婦 며느리부)는 평생을 창살 없는 감옥에서 시들어가는 위안부(萎 시들위 犴 감옥안 婦 며느리부)였다.

저는 압니다

저는 똑똑하지 않습니다
그렇다고 배우지도 못했습니다
하지만 저는 압니다
남을 속여서도
남을 해코지해서도
안 된다는 것을

저는 가진 게 없습니다
그렇다고 늘릴 능력도 없습니다
하지만 저는 압니다
남의 것을 빼앗아서도
남을 짓밟아서도
안 된다는 것을

배우지 못 한 저도
가지지 못 한 저도
아는 이치를
알면서 그리했다면
하늘에서 벌하신다는 것을
저는 압니다

무지해서 저지른 죄는 인간이 심판하지만 알면서 저지른 죄는 하늘에서 벌하실 것이다.

원 (圓)

방향을 정해
묵묵히 열심히 걸었습니다
벽에 부딪히기 전에는

넘으려고 안간힘을 썼고
넘었다고 흐뭇해했습니다
그 벽에 다시 맞닥뜨리기 전까지는

어찌할지 몰라
당황하고 불안했습니다
매번 같은 상황이 돌고 도는지

이제는 알았습니다
벽을 만든 이가 저라는 것을
그러니 허물 수 있는 이도 저임을

자신의 틀을 깨지 않는 이상 상황은 늘 반복된다.

무뇌_9

집 평수가
그 사람의 넉넉함이요

차 배기량이
그 사람의 크기이며

연봉이
그 사람의 가치이니

판단기준 명쾌한데
정확성은 어찌하리

사람은 그 사람의 언행으로 판단되어야 한다.

돈

가까이 다가가려 하면
너는 정숙한 요조숙녀인 양
몸을 사리며 거리를 두었지
잡힐 듯 잡힐 듯 여지를 주면서

힘껏 달려가 잡은 듯하면
너는 나를 비웃듯이
손에 쥔 모래처럼
손가락 사이로 안타깝게 흘렀지

그러면 그럴수록
나는 웅덩이에 빠진 파리처럼
파닥파닥 날갯짓했어
흙탕물이 내 몸을 다 적셔도

내 것으로 만들고 싶은 욕망으로
오로지 내 몸은 너만을 좇았어
그 절절한 몸짓이 갸륵했는지
너는 서서히 다가와 주었지

거리가 좁혀질수록
너의 냄새에 취해 점점 몽롱해지고
이제는 너에게서 벗어날 수 없어
너는 나의 팜므파탈

너를 원했던 그때가 좋았는지
너와 같이 있는 지금이 좋은지
알 수 없는 이 두려움
너에게 집착할수록 커져만 간다

'돈'은 매혹적이면서 치명적이다.